家装详解 参考大全

2000例

◎本书编委会／编著

卧室 卫浴 休闲室

中国轻工业出版社

图书在版编目（CIP）数据

家装详解参考大全2000例．卧室、卫浴、休闲区／
《家装详解参考大全2000例》编委会编著.—北京：中国
轻工业出版社，2012.2
ISBN 978-7-5019-8536-4

Ⅰ.①家… Ⅱ.①家… Ⅲ.①住宅－室内装修－建筑材料－
图集 Ⅳ.①TU767-64

中国版本图书馆CIP数据核字（2011）第233283号

责任编辑：安雅宁   责任终审：劳国强   封面设计：许海峰
策划编辑：安雅宁   责任监印：马金路   版式设计：许海峰

出版发行：中国轻工业出版社（北京东长安街6号，邮编：100740）
印   刷：北京昊天国彩印刷有限公司
经   销：各地新华书店
版   次：2012年 2 月第 1 版第 1 次印刷
开   本：889×1194   1/16   印张：6
字   数：130千字
书   号：ISBN 978-7-5019-8536-4
定   价：28.00元

邮购电话：010-65241695   传真：65128352
发行电话：010-85119835   85119793   传真：85113293
网   址：http://www.chlip.com.cn
Email：club@chlip.com.cn
如发现图书残缺请直接与我社邮购联系调换
110616S5X101ZBW

编辑推荐语

在家居装修中，家装材料是实现家居使用功能和装饰效果的必要条件，是整个装修过程中的核心要素。同时，家装材料也是装修预算中最大部分的支出。材料选择的正确与否直接关系到装修的最终效果与费用开支。对于大多数人来说，用什么材料表现什么样的效果，何种材料适合用在哪个功能空间等这些实际问题都没有一个基本的认识，只能盲目追求潮流或听从设计师的摆布。

鉴于此，我社先后出版了《家居材料注释细节1000例》以及《新家居材料注释细节1000例》系列图书，各分5本，每套书中涵盖了1000多个装修案例，在细节上做了细致的讲解，在文字上也做了详尽的补充说明，因此得到了很好的市场反响，在全国家居类图书中名列前茅，深受广大装修业主以及设计师的喜爱。

在这两套畅销书的基础上，我们再次进行了深入的市场调研，结合大众的实际需求，隆重推出本套《家装详解参考大全2000例》系列图书。本套图书仍以家庭装修中的材料为出发点，收集了2000多例经典家居图片，涵盖家居的各个功能空间，涉及了各种材质，包括地板、地砖、墙砖、橱柜、洁具等主材；水泥、沙石等多种辅料；以及灯具、布艺等后期装饰材料，并对大家通常关注的材料材质进行了详细的注释。

书中不仅提供了各种材料的特性简介、选购窍门、省钱妙招等实用知识，而且对如何打造绿色、健康、旺家的家居环境给出了诸多温馨的小贴士。如果您在装修的过程中遇到材质辨别、材料选购、健康宜忌以及旺家风水等问题，都可以在此书中找到答案。

家庭装修对于每个家庭来说，都是营造美好生活的一件大事，只有掌握基本常识、了解其中的规律，才能使装修过程少留遗憾。因此，在装修时如果能够恰当地运用各种材料，可以把家居空间装修得更加高档，让房间的功能、空间及艺术性得到充分的体现。

我们每一套图书的问世都是经过充分的调研和分析的，希望读者看到的是知识细化而又全面、信息量丰富而又物美价廉的家居图书。我们也会吸纳以往图书的精髓，把今后的每套图书做得更好。

中国轻工业出版社
生活图书事业部

Tips 宜忌贴士

Tips 宜忌贴士

家装详解
参考大全2000例 卧　室

一、 材料选购

1.地毯选购窍门

　　在选择地毯的时候，不论选择何种质地的地毯，质量好的外观都是无破损、无污渍、无褶皱的，而且色差、条痕及修补痕迹也不明显，并且毯边也是没有弯折的。

　　用拇指按。用拇指来按地毯，按完之后能够迅速恢复原状的，就表明织的密度和弹性都较好，还有就是把地毯折弯，如果是不容易看见底垫的，就表示毛绒织得较密，越密就越耐用。

　　利用光线。可以索取一块样品放在铺用的空间来观察。在不同的光线下，所看到的地毯颜色会是不同的，所以注意查看其颜色。而且地毯的染色也要均匀一致，比如部分国产的羊毛纤维比较短，颜色偏黄，它的色泽度就会相对差些。质量好的地毯，其毯面不但要平整，而且线条还需要较密，没有缺陷。

实木地板　　　白色乳胶漆

实木地板　　　羊毛地毯　　几何造型软包

玻化砖　　　　彩色乳胶漆

皮革软包　　　实木地板　　艺术壁纸

彩色乳胶漆　　　　　复合地板

艺术壁纸　　实木地板　　白色混油

壁纸   地毯   实木地板

奥松板   艺术壁纸

实木地板   乳胶漆

乳胶漆   白色混油

乳胶漆   实木饰面背景墙

镜面玻璃　　　乳胶漆

艺术壁纸　　　　　实木地板

乳胶漆　　实木地板　　　　架子床

实木地板　　　乳胶漆

乳胶漆　　　　　　白色混油

实木地板　　　　　白色混油

彩色乳胶漆

马赛克

地毯

乳胶漆

地毯

乳胶漆　　　　实木地板　　　　实木地板　　　　　　　皮革软包

乳胶漆 　　　　　　　　　　艺术壁纸 　　　　　　　　　　实木地板

艺术壁纸　　软包背景墙

地毯　　　　艺术壁纸

钢化玻璃　　　　　　艺术玻璃 　　　　艺术玻璃　　　　黑晶玻璃

轻钢龙骨隔断　实木地板

卧室不宜装修的色彩

　　卧室的装修中，颜色是最重要的，因为颜色对睡眠的影响非常大。卧室的装修色彩宜柔和、温馨，白色、乳白色、淡粉色、淡黄色、淡蓝色都比较合适。一般说来，颜色应和五行相生相配，但是由于卧室的特殊性，不宜生硬地应用五行的规律，而首先要考虑气场的和谐。

　　首先，卧室应避免黑色的墙壁，黑色是忧郁的色彩，这种色彩为基调的卧室容易使人经常做噩梦，严重影响睡眠。其次，最好不要用红色，红色虽说是吉祥之色，但用于卧室中就会刺激人的神经，容易产生暴力倾向，影响夫妻和睦。

艺术壁纸　　　　　　　　　　羊毛地毯

艺术墙贴

乳胶漆　　　　　　　　　地毯

地砖　　　　　　　　　彩色乳胶漆

艺术壁纸   实木地板

乳胶漆   白色混油   钢化玻璃   实木地板

装饰画   壁纸   壁纸   实木地板

实木地板　　　黑晶玻璃

实木地板　　　乳胶漆

白钢条　钢化玻璃

白色混油　　　艺术壁纸

实木地板　　　艺术壁纸

2.乳胶漆选购窍门

闻气味。可以用闻气味的办法来鉴别乳胶漆的质量如何。一般来说，真正的乳胶漆是没有刺激性气味的，质量不好的或者假冒的乳胶漆闻起来会有很强的刺激性味道，那是因为含有很多的甲醛。

用手涂抹。在检查乳胶漆的质量时，还可以将一点点的乳胶漆涂在指甲或手指上，等到一两分钟之后，质量合格的乳胶漆就会结成膜，并且是结实而有光泽。但是如果呈粉状而结不成膜，那就说明此乳胶漆的添加剂过多，有可能是仿造的。

用木棍或手摸。在选购的时候，可以先用木棍将乳胶漆拌匀，再使用木棍挑起来，一般合格、优质的乳胶漆往下流的时候会呈扇面形。另外，可以用手指来摸，质量好的乳胶漆摸起来的手感是比较光滑、细腻的。

用湿布擦。可以将少许的乳胶漆刷到水泥墙上，等到涂层干后再用湿布擦洗，一般来说，真正质量好的乳胶漆耐擦洗性是很强的，擦拭一两百次都不会对乳胶漆的涂层外观产生明显的影响。而且乳胶漆涂刷到墙面上之后，颜色应该是光亮如新的。

镜面玻璃　　　　胡桃木拼条

白色混油　　　软包背景墙　　　羊毛地毯

艺术壁纸　　　　　　　石膏板吊顶　　　实木地板

实木地板　　　　　　艺术壁纸

中央空调

艺术壁纸

实木地板

墙角线描金装饰

钢化玻璃

羊毛地毯

实木地板　　　　　　　茶色玻璃　　　　　　地毯　　　　　　乳胶漆

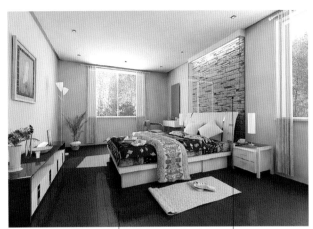

实木地板　　　　　仿文化石

实木地板　　　　　胡桃木饰面

乳胶漆　　　　　　实木地板

复合地板　　　　　地毯

实木屏风　　　　　彩色乳胶漆

软包背景墙　　实木地板　　　　　　　　　　白色混油　　乳胶漆

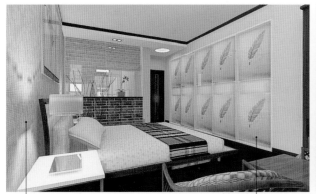

艺术壁纸　　　　　　　艺术玻璃推拉门　　　　　乳胶漆　　奥松板

实木地板　　　　　乳胶漆　　　　　石膏板吊顶　　　　　壁纸

复合地板 乳胶漆

羊毛地毯 石膏板吊顶

实木地板 艺术壁纸

碎花壁纸 复合地板

软包背景墙 镜面玻璃 实木地板

艺术壁纸　　　胡桃木饰面

壁纸　　　　　　石膏吊顶　　实木地板

碎花壁纸　　　　　　　实木地板

艺术壁纸　　　　地毯　　石膏板吊顶

儿童房不宜装成哪种颜色

　　儿童房的装修在颜色上有以下忌讳：①不能装修成红色，红色是热烈的使人的神经产生紧张和兴奋的颜色，不利于儿童的学习和休息；②不能装修成橙色，橙色是预警颜色，容易吸引儿童的注意力，使儿童不能安下心来读书学习；③不宜使用黄色，特别是鲜艳的黄色，否则会刺激儿童的视觉神经，影响儿童的食欲；④不宜使用白色或黑色，白色和黑色过于单调和死板，不利于儿童对于色彩的辨别，而且白色的肃穆之气会使儿童不寒而栗。黑色会使儿童精神疲劳，委靡不振，黑白二色是理性庄重的颜色，也不利于儿童时期培养活泼开朗的性格。

装饰画　　　　　　　　手绘墙饰

床幔　　　　　　胡桃木隔断

乳胶漆 玻璃推拉门

石膏板吊顶 地毯

乳胶漆 地毯

乳胶漆 实木地板

地砖 乳胶漆

艺术壁纸

瓷砖

地毯

壁纸

烤漆玻璃

月亮门　　地毯　　纱帘

实木地板　　　　乳胶漆

3.多彩涂料选购窍门

看保护胶水溶液。多彩涂料在经过一段时间之后，其内部含有的花纹粒子将会下沉，由此上面会有一层保护胶水溶液。一般这层保护胶水溶液约占多彩涂料总量的25%。而且质量好的多彩涂料的保护胶水溶液是无色或微黄色的，比较清晰。由于存储的时间过长而使质量变差的多彩涂料的保护胶水溶液是混浊状态的，这样的情况就不宜再使用。

看漂浮物。质量好的多彩涂料，一般在保护胶水溶液的表面是没有漂浮物的，但是如果有很少量的颗粒漂浮物也是正常的，只是漂浮物数量太多，甚至有一定的厚度，这就表明此多彩涂料的质量比较差。

看粒子度。可以取一个透明的玻璃杯放入半杯清水，然后取少量的多彩涂料放入玻璃杯中搅拌。如果杯中的水仍清晰见底，而且粒子在清水中相对独立、分布均匀，没有黏合成块状，那就说明多彩涂料的质量是比较好的。而如果杯中的水立即变混浊，而且颗粒大小呈两极分化的状态，就说明这个多彩涂料的质量很差。

壁纸   奥松板

皮革软包   地毯

彩色乳胶漆 软包 羊毛地毯

胡桃木饰面 装饰玻璃 地毯

碎花壁纸 实木地板 乳胶漆

彩色乳胶漆　　　　艺术壁纸　　　　复合木地板　　　乳胶漆　　　　复合地板　　　　壁纸

实木拼条装饰　　艺术壁纸　　　　地毯　　　　地砖　　　　壁纸　　　　玻璃

实木地板　　　　　　　白色混油　　　　地毯　　　　床幔　　　实木地板

碎花壁纸　　　　　　　　　白色混油　　　　　　　　手绘墙饰

实木框装饰　　　　　壁纸　　　　皮革软包

个性月亮门创意造型　　　复合地板

茶色玻璃　　　　艺术玻璃拉门

实木地板　　　　　　木格栅装饰造型

中央空调

壁纸

实木地板

黑晶玻璃

钢化玻璃

实木地板

艺术壁纸　　　　　　乳胶漆　　　　　　奥松板　　　　　　装饰玻璃

黑晶玻璃拉门　　　　　实木地板　　　　　　　　　　　　　　　　　艺术壁纸

实木几何造型墙饰　　　　　地毯

镜面玻璃　　　复合地板　　　　艺术墙贴

艺术壁纸　　　　　实木雕刻装饰

实木条装饰吊顶　　　　　壁纸　　　实木地板

瓷砖　　　　　　装饰画　　　地毯

艺术壁纸　　　实木地板　　　集成吊顶

艺术壁纸　　　实木地板　　实木框墙面装饰

装饰画　　　　　　　复合木地板

卧室宜选择什么样的门

　　住宅的风水效应是一个日积月累的过程，好的风水不仅是设计得好，而且还应保持得好。对卧室而言，保持尤为重要，作为睡眠休息的地方，卧室风水更是悄无声息地影响着居住者。因此卧室门一定要尽量选择最好的材料，以保护卧室的隐私。我们说卧室的门不宜对着大门，对着客厅，否则卧室的隐私容易被看见。然而相对于房屋的其他部分，卧室还有一部分隐私是看不见的，这包括卧室的温馨气场和卧室的声音。卧室门的材料一定要厚实，才能给居住者安全的感觉。而且，卧室的门最好是能隔音的，能防止主人不受室外声音的干扰，睡得更舒心。但是卧室也不能密不透风，门的底部最好与地面有一丝缝隙，如同人在睡眠时也是需要呼吸一样，卧室的空间也是需要流通的。

实木地板　　　　乳胶漆

装饰画　　　　　地毯　　　　乳胶漆

石膏板吊顶

壁纸

复合地板

艺术壁纸　　　　　实木地板

乳胶漆　　白色混油

复合地板　　　　　壁纸

布艺软包背景墙造型　　　　　实木地板

装饰玻璃拉门　　艺术壁纸　　白色混油

艺术壁纸　　实木地板

实木饰面　　地毯　　艺术玻璃推拉门

乳胶漆　　实木地板

实木屏风

实木地板

4. 壁纸选购窍门

普通壁纸。普通壁纸是用每平方米为 0.08 千克的纸作为基材的，然后再涂塑每平方米 0.1 千克左右的 PVC 糊状树脂，再经过印花、压花制作而成的。一般这种壁纸被分为平光印花、有光印花、单色压花、印花压花等几种类型。

发泡壁纸。用每平方米 0.1 千克的纸作为基材，然后涂塑每平方米 0.3 ～ 0.4 千克掺有发泡剂的 PVC 糊状树脂，最后经过印花再发泡而成的发泡壁纸。这种壁纸和普通壁纸相比较来说，显得厚实、松软。而且高发泡壁纸表面有着富有弹性的凹凸状，低发泡壁纸则是在发泡平面上印有花纹图案，其形状好像浮雕、木纹、瓷砖等效果。

图案。应该根据自己家的房间选择合适的图案。比如，在矮小的房间里面，就适合选用淡雅、竖条、小花纹的壁纸，为的就是增加房间的视觉感。而如果是高大的房间，则适合采用色调活泼的大花纹塑料壁纸来装饰，可以使室内形成比较庄重的气氛，以增加充实感。

艺术壁纸　　　　　　　乳胶漆

实木地板　　　　　　　木纹壁纸

实木饰面　　　　　　　地毯

皮革软包　　　实木地板　　　石膏板吊顶

壁纸　　　　　地板　　　　乳胶漆

石膏板吊顶

碎花壁纸

实木地板

壁纸

乳胶漆

复合地板　　　　地毯　　　　　纱幔　　　　　　　　　实木饰面　实木地板

釉面墙砖 　　　　　　　　　　壁纸 　　　　　　　　　　实木地板

实木地板 　　　　白色混油

石膏板吊顶 　　　　乳胶漆

壁纸 　　　纱幔 　　　实木地板

实木饰面 　　　　　　　　　　壁纸

壁纸　　　　　　　地毯

壁纸　　　　　　　皮革软包

乳胶漆　　　　　　地砖

壁纸　　　　　　　复合地板

石膏板吊顶　布艺软包

乳胶漆　　　　　　实木地板

艺术壁纸　　　　实木地板

石膏板吊顶　　　　地毯

乳胶漆　　　　实木地板

碎花壁纸　　　　实木地板

白色混油　　　　艺术壁纸

壁纸　　　　　　　　　　乳胶漆

3D墙面装饰　　　　　　　地毯

石膏板吊顶　　　实木饰面　　　镜面玻璃

地毯　　　　　　　　　　壁纸

卧室宜选择什么样的材料来助运

　　卧室是休息的地方，卧室的装修材料最好对睡眠有促进作用，因此建议选择温和一点的材料。目前卧室常见的装修材料有天然木材、乳胶漆和壁纸。墙面可以根据居住者的五行来选择，以起到助运的作用。但是如果是小孩子的房间，最好选用污染程度最小的天然木材，如果五行不适合使用木材，可以通过墙壁的颜色或者屋内的装饰来改运，以有利于孩子健康成长为主。卧室最好贴上壁纸，营造温馨的氛围，壁纸的选择也应与主人的年龄、身份和五行相配。例如一个五行缺火的小姑娘的房间，选择粉色的木材壁纸，上面有简洁可爱的图画，有利于这个小姑娘的健康成长。另外，卧室里不宜选择反光性质的材料，虽然卧室建材的反光看似不如办公楼的玻璃幕墙那么严重，但是距离人很近，形成的煞气也会比较严重，对睡眠会有很大的影响，比如瓷砖，就不是特别适合贴在卧室墙面上。

壁纸　　　　　　　　　　强化复合地板

实木地板　　　　　　乳胶漆

木格栅吊顶装饰　　　纱帘　　　实木屏风

实木装饰假梁　　　磨砂玻璃　　　烤漆玻璃

艺术壁纸　　　　　　地毯

乳胶漆　　　　　　　镜面玻璃

磨砂玻璃　　　广告钉

乳胶漆

地砖

石膏板吊顶

彩色乳胶漆

复合地板

乳胶漆　　　白色混油　　　地毯

实木地板　　　乳胶漆

壁纸   地砖   3D墙面装饰

乳胶漆   地毯

壁纸   实木地板

壁纸   乳胶漆

软包背景墙   实木地板

软包背景墙   白色混油拼条

羊毛地毯　　壁炉　　　　　　　　　四柱床

乳胶漆　　　　　　艺术壁纸

乳胶漆　　　　　窗纱

乳胶漆　　　　　羊毛地毯

实木地板　　　　　　　　　乳胶漆

5.窗帘选购窍门

应该考虑窗帘的式样和尺寸。一般小房间的窗帘应以比较简洁的式样为好，防止小空间因窗帘的繁杂而显得更为窄小。对于大居室，适宜采用比较大方、气派、精致的式样。至于窗帘的宽度尺寸，一般以两侧比窗户各宽出100毫米左右为好，而其长度应视窗帘式样而定，不过短式窗帘也应该长于窗台底线200毫米左右为宜，落地窗帘一般应距地面20～30毫米。

应该根据房间的功能来选择。比如，浴室就要选择实用性比较强，而且容易清洗的布料，这种布料要经得住蒸汽和油脂的污染；卧室的窗帘则要求厚重、温馨和安全；书房窗帘却要选择透光性能好、明亮的布料，颜色则适宜采用淡雅的。

布料的选择还取决于房间对光线的需求量，如果光线充足，可以选择薄纱、薄棉或丝质的布料；而如果房间光线过于充足，就应该选择稍厚的羊毛混纺或织锦缎来做窗帘，为的就是抵挡强光照射。一般的家庭都是选用素面印花棉质或者麻质的布料。

乳胶漆　　　　　　　地毯

乳胶漆　　　　　　　磨砂玻璃

装饰画　　　　　　　实木地板

实木地板　　　　　　实木饰面

石膏板吊顶　　　实木地板　　　纱幔

艺术壁纸　　　　　　地毯

乳胶漆　　　　　地毯　　　　　　黑晶玻璃　　皮革软包　　　　　　地毯　　　壁纸

木窗棂装饰造型　　　　实木饰面　　　艺术壁纸　　　壁纸　　　　茶色玻璃

手绘墙饰　　　　　　　　　　　　　　　　　　　　　　　　　　乳胶漆

乳胶漆　　　　石膏板吊顶　　　　实木地板

实木地板　　　　　　　　　　　乳胶漆

四柱床　　　　　　　实木饰面

黑晶玻璃　　　　　　地毯

复合地板　　　　　　地毯

实木地板　　　　钢化玻璃　　　　乳胶漆

乳胶漆

地毯

松木装饰吊顶

压白钢条

3D墙面装饰

实木地板

复合地板　　　壁纸　　　　　复合地板　　　　　　　地毯　　　　　壁纸

窗纱　　　　　　　　　　　　　　松木拼条墙饰

乳胶漆　　　　　　　强化复合地板

床幔　　　　石膏板吊顶　　　壁纸

实木地板

3D墙面装饰　　　　石膏板吊顶

艺术壁纸　　　　石膏板吊顶　　　复合地板

乳胶漆　　　　　　　　　　　实木地板

壁纸　　　　　皮革软包　　　实木地板

地毯　　　　　　　　　　艺术壁纸

实木地板　　　　实木饰面

磨砂玻璃　　　　　　乳胶漆　　　装饰画

乳胶漆   软包背景墙

彩绘玻璃   白色混油   壁纸

乳胶漆   复合地板   艺术壁纸

艺术玻璃   白色混油   羊毛地毯

白色混油   地砖   石膏造型

乳胶漆

实木地板

奥松板

发光灯槽

实木地板

壁纸　　　　　　白色混油　　　　彩色乳胶漆　　　　　　　　复合地板

实木地板　　　　　乳胶漆

6.窗贴膜选购窍门

根据居室的装修风格可以随意进行选择，而且不同色系的贴膜就会表现出不同的外观感觉。想要拥有个性颜色的窗贴膜，还要根据自己的爱好进行选择，这样在居住的时候，才会让人舒适。

可以根据房间的功能不同而选择不同的贴膜。比如，客厅选择安全性装饰贴膜，而阳台边的窗户则选择隔热性能高的贴膜，卧室、浴室的窗户就要选择私密性强的贴膜。

艺术壁纸　　　　白色混油　　皮革软包

白色混油　　　　　乳胶漆

壁纸　　　　　胡桃木装饰假梁

乳胶漆　　　　　白色混油

实木饰面　　　　松木拼条装饰吊顶

壁纸　　　　　　　　黑胡桃木垭口　　　复合地板

乳胶漆　　　　　　　　实木地板

白色混油　　　　　乳胶漆

实木装饰造型　　　　　　　　壁纸

复合地板　　　　　镜面玻璃

地毯   乳胶漆

壁纸   茶色玻璃

实木地板   地毯   乳胶漆

实木地板   乳胶漆   冰裂纹玻璃

定制实木书架   实木地板   彩色乳胶漆

镜面玻璃   乳胶漆

地毯   布艺软包

彩色乳胶漆   实木地板

实木地板   皮革软包

艺术壁纸   地毯

地毯   艺术壁纸

实木地板　　　　　　　　实木窗棂造型隔断

乳胶漆　　　　奥松板　　　实木地板

彩绘玻璃　　　　白色混油

实木地板　　　白色混油

乳胶漆　　　　　　　　　地毯

复合地板　　　　　　　壁纸

壁纸　　　　　　　装饰软帘

乳胶漆　　　　实木地板

石膏板吊顶　　　　　　　壁纸

壁纸　　　　　　　　　复合地板

实木地板　　　软包背景墙　　艺术玻璃

艺术玻璃　　　　　　　　艺术壁纸

壁纸　　　　地毯　　　　　　实木假梁

复合地板　　　　地毯　　　　发光灯带

成品挂帘　　　　　壁纸

乳胶漆

乳胶漆　　　　实木饰面　　实木地板

壁纸

仿古家具

实木地板

白色混油

镜面玻璃

艺术玻璃

地毯　　　　艺术壁纸　　　　皮革软包　　　　　　壁纸　　　　　　黑晶玻璃

7.壁灯选购窍门

灯罩的透明度要好，造型和花纹要与墙柱及室内的装修风格协调、一致。另外，壁灯的支架应该选择不易氧化和生锈的产品，外层镀色要均匀、饱满。

壁灯的光照度不易过大。一般家庭使用灯泡或灯管的功率都不适宜超过100瓦，而且规格要适宜。在一般大房间里，可以安装双头壁灯，小房间内则可安装单头壁灯。另外，空间大的居室，应该选用厚型壁灯，空间相对小的可选薄型壁灯。

安全性起见最好不要选择灯泡距墙面过近或无隔罩保护的壁灯。此外，在选购的时候，一定要看壁灯有无灯罩等配件。

实木地板　　　乳胶漆

地毯　　　艺术壁纸

实木地板　　　纱幔　　　壁纸

壁纸　　　地毯　　　白色混油

石膏板吊顶　　　壁纸

艺术玻璃　　　白色混油

碎花壁纸　　　　　　　实木地板　　　　　　软包

壁纸　　　　地砖

发光灯带　　　　　　乳胶漆　　　　　　　　复合地板

镜面玻璃　　　　　实木饰面

乳胶漆　　　　　　　强化复合地板

复合地板　　　　艺术壁纸

强化复合地板　　　　　　　　彩色乳胶漆

艺术壁砖　　　　　　　　　　复合地板

乳胶漆　　　　　　　　　　　白色混油

强化复合地板　　　　　　　　艺术壁砖

白色混油　　　　　艺术壁纸　　　地毯

艺术墙贴　　　　　复合地板　　　乳胶漆

家装详解
参考大全2000例

卫 浴

二、 省钱窍门

1.选择最适合的装修档次

每一个家庭都想让别人看到自家的装修时，会称赞一句："有档次"。这里的"有档次"业主一般可能会理解成高档豪华的样子，其实档次不单单指的是豪华型。通常情况下，居室的档次指的是经济实用型、宽敞豪华型、高档豪华型。这才是全部的"档次"。每一个档次都会花费一定的资金，而且两个档次之间资金的差额也会很大，所以，业主要根据自己的实际承受能力来考虑装修档次。

马赛克　　　　　　　白色混油　　　地砖

釉面墙砖　　　　拼花地砖

人造大理石台面　　　　　　马赛克

马赛克　　大理石

大理石台面　　　　瓷砖

马赛克   钢化玻璃   瓷砖

瓷砖   地砖

铝扣板   瓷砖

钢化玻璃

陶瓷台盆   瓷砖

地砖 　　　　　　　艺术壁砖　　　　　　　　　桑拿木拼条 　　　　　　地砖

马赛克　　　　瓷砖　　　　　钢化玻璃　　　　　黑晶玻璃

马赛克　　　　　　釉面砖

卫浴间不宜设在住宅的中间

　　房子的中央最好通透宽敞，不宜成为卫浴间、厨房等积攒污秽的空间，当卫浴间在房子中央时，卫浴间内的湿气、秽气会散至其他房间，容易导致家人生病，对健康极为不利。如果卫浴间已经设在房子的中央，最好重新进行装修调整。

人造大理石台面　　陶瓷台盆

瓷砖　　　　　　钢化玻璃

马赛克　　　　　　瓷砖

百叶窗

地砖

人造大理石   釉面砖   艺术壁砖腰线   瓷砖

实木浴室柜　　　　　　　　　　　瓷砖　　　　　瓷砖　　　浴帘

大理石台面　　　马赛克　　　　　　瓷砖　　　　　　　树脂玻璃

艺术玻璃　　　　马赛克　　　　　　瓷砖　　　地砖　　　个性瓷砖

文化砖   玻璃推拉门   马赛克个性装饰

陶瓷台盆   瓷砖

马赛克   瓷砖

地砖   瓷砖

人造大理石   瓷砖

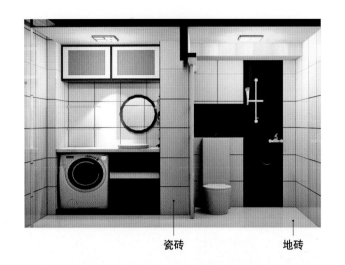

瓷砖　　　　　　　　　地砖

卫浴间宜设在住宅的东方

　　如果将卫浴间设在东方，东方属木，卫浴间属水，水木相生五行协调，是最理想的方位，能给家人带来健康、财富。

瓷砖　　　　　　　　　整体淋浴房

陶瓷台盆　　　　　　　地砖

钢化玻璃　　　　　　　瓷砖　　　　大理石

瓷砖　　　　　　　　地砖

2.装修省钱要适度

　　砍价要适度，装修省钱问题上有一个很重要的限度就是：该省的钱一分都不要多花，但是不该省的一分都不能少花。尤其是在砍价的方面体现得最深，如果业主一味地压低装修价钱，装修公司可能就会为了保持合理的利润，而在材料费或者人工费上扣减了，这样最终受害的仍是业主。一般情况下，装修公司的毛利润是工程总造价的10%～20%，业主可以根据这个来进行适度的砍价。而如果业主还想省钱的话，可以删去报价单上一些不必要的项目。

铝扣板　　　　　　　　瓷砖

大理石　　　　　　　　　瓷砖

马赛克　　　釉面砖　　　地砖

铁艺架　　　釉面砖

人造大理石　　　　　　　　　　　　　　马赛克

大理石　　釉面砖　　　　　　　　瓷砖　　树脂玻璃

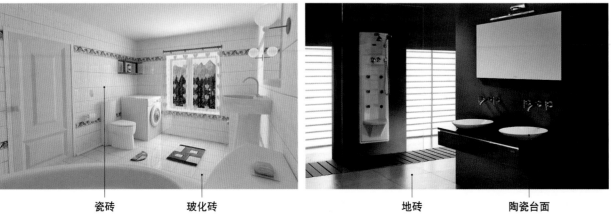

瓷砖　　玻化砖　　　　　　　　地砖　　陶瓷台面

大理石　　　　　　　　　釉面砖

卫浴间格局宜方正

卫浴间的形状要方正、忌三角形、弧形和畸形。如果有足够的空间、卫浴间宁大勿小，以避免凝聚湿气而导致气能停滞聚集，从而损坏财运与健康。

墙砖　　　　　　　　　马赛克

钢化玻璃　　　　白钢条　　　　　　　地砖　　　　　　　瓷砖

树脂玻璃　　　　　　　　　　　　　　　　大理石

防水壁纸　　　　　地砖

地砖　　　　　瓷砖

人造大理石台面　　　　　铝扣板

铝扣板

瓷砖

瓷砖　　　　玻化砖

仿实木地砖　　　　瓷砖

瓷砖　　　　地砖　　　　大理石

防水墙漆　　瓷砖

地砖　　整体淋浴房　　釉面砖

大理石　　瓷砖

瓷砖　　地砖

大理石　　地砖　　瓷砖

宜忌贴士 Tips

卫浴间门忌直冲大门

　　卫浴间的门不宜与住宅大门对冲，从环保和心理方面考虑，人若一进屋即看到卫浴间门不雅观不说，还有可能会有异味或声音传出，亦不礼貌。从风水角度来说，卫浴间的门就像一张大口，释放污秽之气，与大门口进来的空气会形成对冲。

马赛克　　　地砖

实木浴室柜　　　　　　瓷砖

瓷砖　人造大理石台面

地砖　　　瓷砖

3.如何选购门窗才省钱

整套购买，优惠多多。

学挑选、巧省钱。一般来说，最常用的还是模压门和实木复合门，模压门加上门套之后的价格比较便宜，质量也不错。

如果一般的家庭用门，可以选用纸芯门。因为纸芯门的承重力很大，隔声效果也好，在二次装修的时候，直接把门用砂纸打磨，再喷上漆就和新的一样了，不需要费心思考虑门的样式。

环保价高但划算。环保的材料对人是有好处的，因此选择门和窗户省钱的同时，也要重视环保的因素。这种环保的材料虽然造价比较高，但是从长远来看，它带给了全家人健康，看来还是非常划算的。

瓷砖　　　　防水壁纸

瓷砖　　　　镜面

艺术壁纸　　　　瓷砖

大理石　　　　瓷砖

树脂玻璃　　拼花地砖　　瓷砖

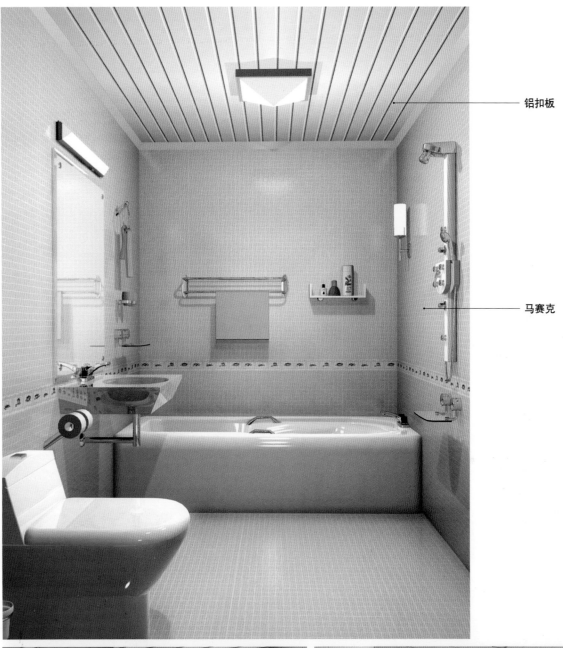

铝扣板

马赛克

瓷砖 地砖

钢化玻璃 地砖 瓷砖

大理石台面　　　　瓷砖

大理石　　　　瓷砖

防水涂料

胡桃木饰面

马赛克

桑拿木

瓷砖

实木浴室柜

地砖　　　瓷砖　　　　　瓷砖　　　地砖

整体淋浴房 马赛克

釉面砖 瓷砖

钢化玻璃 瓷砖

钢化玻璃 瓷砖

树脂玻璃 瓷砖

瓷砖

卫浴间门忌正对房门

卫浴间的门对着任何一个房间的门都是不适宜的，要尽量避免，如果实在无法避免，可在卫浴间门上挂一个窗帘进行化解。

树脂玻璃   瓷砖

马赛克   地砖

钢化玻璃   地砖

瓷砖   地砖   磨砂玻璃

钢化玻璃　　　　瓷砖

地砖　　　瓷砖　　　　　　　乳胶漆

地砖　　马赛克　　瓷砖

瓷砖　　　　防水壁纸

地砖　　　整体淋浴房　　　瓷砖

卫浴间忌与厨房相对

　　卫浴间容易滋生细菌，产生污物；而厨房是烹饪的地方，如果两者相对既会影响卫生，损害家人健康，又对整个家的风水会产生不利影响。

地砖　　　　　　　　　　瓷砖

大理石　　　　　　　　　瓷砖

马赛克　　　　　　　　　地砖

钢化玻璃　　　　　　　实木浴室柜

大理石　　　　　　　　　地砖

4.清楚装修面积，少花钱

　　装修工程开始之前，装修公司会对需要装修的房屋面积进行实地测量，而不仅仅是依据房本的面积来计算。之所以进行重新测量，装修公司不仅是为了测算各种装修材料的使用量，还为了测算出装修的总房款数目。这种做法没有什么值得怀疑的，但关键的是有的装修公司会趁机虚报装修面积，且业内人士也表示，装修公司一般会在每笔装修业务中，有10%～20%的利润是从虚报面积中得来的。因此，如果能一眼看出其中的猫腻，能节省不少开支。

　　亲自丈量尺寸，清楚所有工序。业主需要注意这一点，如果报价感觉不对，可以要求对方单一报价。事实上，很多的工序是可以一次完成的，比如油漆工可以把墙面、衣柜等所有需要油漆的地方都一起涂刷，如果分开计算涂刷次数的话，衣柜的油漆等干了再刷第二遍，然后再等干了刷第三遍，这样的工期肯定会比预计的要长，而且价钱也有增加。

瓷砖　　　　　　　　　地砖

瓷砖　　　　　　　　　地砖

瓷砖　　　　　　　　　地砖

大理石　　　　　　　　　地砖

磨砂玻璃

瓷砖

人造大理石

瓷砖

地砖

瓷砖

地砖

树脂玻璃

仿木地砖

地砖　　　　　　　　马赛克

瓷砖　　　树脂玻璃

地砖　　　　　　瓷砖

地砖　　　　　　大理石

钢化玻璃　　　艺术瓷砖

瓷砖　　　　　地砖

卫浴间宜注意防潮

　　由于沐浴时间产生大量的水和雾气，选择装饰材料时应以防水、防湿为重点。卫浴间的墙壁面积最大，须选择防水性强又具有耐腐蚀与抗霉变的材料，如容易清洗的瓷砖；卫浴间的天花板受水蒸气影响最易发霉，以选用防水耐热的材料为佳，如耐水性强的多彩成型铝板或亚克力成型天花板等。

钢化玻璃　　　　釉面砖

瓷砖　　　　钢化玻璃　　　　　地砖

瓷砖　　　　　地砖

地砖　　　　　瓷砖

地砖　　　　　　桑拿木拼条

大理石　　　　　　瓷砖

瓷砖　　　　　　地砖

瓷砖　　　　　　地砖

实木浴室柜　　　　　　瓷砖

家装详解
参考大全2000例 | 休闲室

5. 如何分配预算资金才省钱

材料费占45%。材料费在装修中来说，是一项耗费资金的工程，是整个装修工程中开支占据最大的一项。

人工费占30%。如果不能保证这些工人的工资费用，工人可能会闹情绪，装修的时间会延误。所以，业主一定要保证装修的人工费在工程总造价的30%左右。

管理费占5%。管理费指的是装修公司在装修过程中协助购买材料、监督工程质量、协调工程进展等的费用。这些管理费在工程总造价中占据5%左右的比例。

利润和设计费占15%。一般来说，装修公司的利润都在10%左右，而设计费用在装修总造价的5%左右。

特殊情况费用占5%。在墙壁装修中，对于大面积的裂缝处理是要另行收费的。尤其是铺石膏板，通常每平方米要另加费用，这项收费往往在预算中体现不出来，而到现场施工时根据实际情况才单独提出。所以，类似这些情况的特殊费用也要预算出来，占据工程总造价的5%左右。

中空玻璃　　　　　　　　　　实木地板

木质窗棂造型隔断　　　　　　艺术壁纸

羊毛地毯　　　　　　　　　　地砖

松木饰面吊顶　　　　　　　　乳胶漆

实木饰面

仿古砖壁纸

仿鹅卵石壁纸

乳胶漆　　　　藤制圆桌　　　实木书架

实木饰面　　　　　　　　茶色玻璃

乳胶漆　　复合地板

乳胶漆　　地毯

白色混油　　釉面砖

乳胶漆　强化复合地板

胡桃木窗棂造型隔断　　实木地板

地毯　　石膏板吊顶　　大理石

地毯　　　石膏板吊顶

黑胡桃木垭口　　地毯　　　实木地板

6.如何取得更好的装饰效果

购买整套装饰品。这样不但价格实惠，装饰效果也会有所提升。

自己选购家具。业主可以根据设计师的建议，自己去挑选家具，会省下不少钱。

柜类家具后面可省材料。如果家中有需要用家具挡住的墙面，那么这部分墙面所用的材料可以用比较便宜的，而露出来的那部分就应该用材质比较好的，这样该省的时候省钱，可以很好地节省资金的总开支。

石膏板吊顶　　　　地砖

地毯　　　仿古家具

复合地板　　　　彩色乳胶漆

地毯　　　松木装饰吊顶

仿古地砖　　　　　　　　　　仿古家具　　　　　　　　　　　　　　　　　乳胶漆

地砖　　　　　　　　　石膏板吊顶　　　艺术壁纸

地砖　　　　　　　　　　乳胶漆

石膏板吊顶　　　　　　　　　　　地砖

乳胶漆　　　　　复合地板

地砖　　　　石膏板吊顶　　　　　　　　　　　　　　　　乳胶漆　　　　　复合地板

地砖　　　　　　　　　　白色混油　　　　　　　　　　　实木地板　　　乳胶漆

发光灯槽　　　　　　　实木地板　　　　　　　　　　　　　　黑胡桃木饰面

7.如何选购瓷砖最省钱

1.找专业师傅，选择合适规格，画排砖图。按图计算瓷砖数量，加正常施工损耗。

2.选择对"拼对花色"、"拼对图案"要求不高的品种，以便裁割下来的半块（或边条）能利用到其他地方。

3.调整平面、立面设计，避免包立管、小转角这样必须切割，容易破损浪费瓷砖的地方。

4.巧妙利用腰线、其他规格面砖拼花色、地面圈边线、竖向装饰线、卫生间墙面镜面等，丰富效果的同时避免或减少裁砖。

5.掌握家装"小块省砖，大块费砖"的原则。结合设计效果，合理选用偏小规格。一般小卫生间，墙砖不超过300毫米左右为好，一般客厅，地砖不超过800毫米左右为好。

6.厨房整体橱柜的安装部分可选择档次较为一般的瓷砖，因为这一部分不显露在外面，其视觉效果和质量的好坏对厨房整体效果的影响不大。

7.阳台墙、地砖也可以选择较为一般的产品，不必要求其档次和款式。墙砖选用光面的便于清洗，地砖只要具有防滑功能、尺寸规格一致就可以了。

8.选择质量好的瓷砖和技术高的工人，施工切割时，减少无谓的损耗。虽然单价略高，但综合算下来，还是节省的。

根雕造型茶桌　　　　　　地砖

羊毛地毯　　　　石膏板吊顶

地毯　　　　　地砖　　　　乳胶漆

菱形镜面玻璃　　　　拼花地砖　　　　壁纸